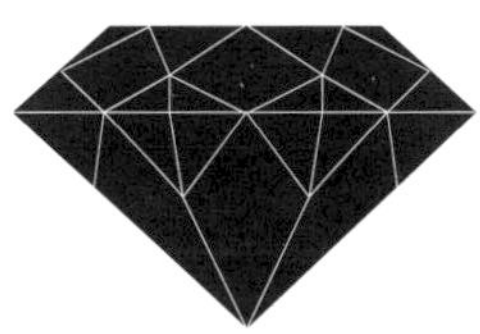

ALEXANDRE

DUMAS

O COLAR DA RAINHA

Versão condensada Gérard Soncarrieu
Tradução Maria Helena Rouanet

EDITORA
NOVA
FRONTEIRA

Título original: *Le collier de la reine*

Texto de Alexandre Dumas, condensado por
Gérard Soncarrieu

Publicado mediante acordo com Isabelle Torrubia
Agência Literária

EDITORA NOVA FRONTEIRA PARTICIPAÇÕES S.A.
Rua Candelária, 60 – 7º andar – Centro – 20091-020
Rio de Janeiro – RJ – Brasil
Tel.: (21) 3882-8200 – Fax: (21) 3882-8212/8313

CIP-Brasil. Catalogação na publicação
Sindicato Nacional dos Editores de Livros, RJ

D92c Dumas, Alexandre, 1802-1870
O colar da rainha / Alexandre Dumas ; tradução Maria Helena Rouanet ; versão condensada por Gérard Soncarrieu. - 1. ed. - Rio de Janeiro : Nova Fronteira, 2019.

Tradução de: Le collier de la reine
ISBN 9788520942468

1. Romance francês. I. Rouanet, Maria Helena. II. Soncarrieu, Gérard. III. Título.

18-52662 CDD: 843
CDU: 82-31(44)

Printed in India

SUMÁRIO

I
A alcova da rainha

Envergando a capa matinal roxa, com as roupas em desalinho e ainda não empoado, do jeito como havia se levantado da cama, o rei Luís XVI foi bater à porta dos aposentos da rainha.

Uma camareira entreabriu a porta e, reconhecendo o rei, exclamou:

— Majestade!

— A rainha! — disse Luís XVI em tom seco.

— Sua Alteza ainda está dormindo, Majestade.

O rei fez um gesto, tentando afastar a mulher. Esta, porém, não se moveu.

— Ora, ora... — disse o rei. — Ficareis no meu caminho? Não vedes que estou querendo entrar?

O monarca tinha, às vezes, certa brusquidão de movimentos que seus inimigos descreviam como brutalidade.

Naquela manhã, estava de mau humor, pois acabara de saber que Maria Antonieta havia voltado de Paris bem tarde da noite. Por quê?

Assim que ficou diante dela, crivou-a de perguntas, mas ela contra-atacou declarando que quis confirmar que o rei estava deixando morrer de fome uma pessoa da sua família, uma descendente dos Valois, a condessa de La Motte, esposa de um dos guardas do rei ou da rainha.

— Subi — prosseguiu Sua Alteza — numa espécie de sótão, onde vi, sem fogo, sem luz e sem dinheiro, a neta de um grande príncipe; dei cem luíses a essa vítima do esquecimento e do descaso reais. E, como demorei mais do que esperava, refletindo sobre a nulidade das nossas grandezas, como a nevasca estava muito forte e, nessas condições, nossos cavalos têm dificuldade em avançar...

— Madame! — atalhou o rei. — Agistes bem; tendes sempre nobres aspirações que talvez se manifestem de forma um tanto impensada. Mas a culpa é do calor dessa generosidade que vos distingue.

Então, com um sorriso cheio de bondade, enfiou a mão no bolso. Acabou tirando dali uma caixinha de couro vermelho artisticamente enfeitada e lavrada a ouro.

— Um estojo! — exclamou a rainha. — Ah, vamos ver o que contém...

Ali dentro havia um colar de diamantes tão grandes, puros, brilhantes e tão habilmente selecionados que Maria Antonieta teve a impressão de estar vendo correr por suas belas mãos um rio de fósforo e de chamas.

— Ah! É magnífico... — disse ela.

Passou algum tempo admirando o colar e, de repente, declarou que jamais o usaria.

— Mas... — balbuciou o rei, surpreso.

— Nem vós nem ninguém vereis em meu pescoço um colar tão valioso assim.

— Não o usareis, Madame?

— Nunca!

— Estais me recusando?

— Recuso-me a pendurar um milhão, talvez até um milhão e meio, no pescoço, pois imagino que este colar custe por volta de um milhão e meio de libras, não é mesmo?

— Bom, não vou negar — replicou o rei.

— E recuso-me a pendurar no pescoço um milhão e meio quando os cofres reais estão vazios; quando o rei é obrigado a conter os auxílios que poderia fornecer e dizer aos pobres: "Não tenho mais dinheiro. Que Deus vos proteja!"

— Como assim? Estais falando sério?

— Sabeis, Majestade, que outro dia mesmo o sr. de Sartine me disse que com um milhão e meio de libras é possível comprar uma nau de linha? Na verdade, meu senhor, o rei da França precisa muito mais de um navio assim do que a rainha da França de um colar.

— Ah! — exclamou o rei exultante e com olhos marejados — Ah! O que acabastes de fazer é magnífico. Obrigado, obrigado, obrigado!... Sois uma boa mulher, Antonieta.

E, para coroar com dignidade tal demonstração cordial e burguesa, o bom rei passou os braços pelo pescoço de Maria Antonieta e lhe deu um beijo.

— Ah! Como sereis abençoada na França, madame, quando todos tomarem conhecimento do que acabastes de dizer.

A rainha suspirou.

— Ainda há tempo — disse o rei, animado. — Um suspiro de arrependimento!

— Não, meu senhor, um suspiro de alívio; fechai esse estojo e mandai que seja devolvido aos joalheiros.

— Já tratei dos termos de pagamento; o dinheiro está separado... O que vou fazer agora? Não sede tão desprendida, minha senhora.

— Não. Já refleti sobre o assunto. Está decidido, meu senhor. Não quero este colar, mas quero outra coisa.

— Que diabo! Lá se vão um milhão e seiscentas mil libras!

— Um milhão e seiscentas mil? Estais vendo? Que coisa! Foi tão caro assim?

— Por Deus, madame! Já que o preço me escapou, não vou desmenti-lo.

— Podeis ficar tranquilo. O que estou para vos pedir será muito mais barato.

— O que quereis me pedir?

— Vossa permissão para voltar mais uma vez a Paris.

— Ah, isso é fácil! E, principalmente, não vai custar caro.

— Esperai! Esperai!

— Diabos!

— Quero ir a Paris. À Praça Vendôme.

— Diabos! Diabos!

— Ver o sr. Mesmer.

O rei coçou a orelha.

— Bom — disse ele, finalmente —, haveis recusado um presente de um milhão e seiscentas mil libras... Posso perfeitamente conceder o que me pedis agora. Ide pois ver o sr. Mesmer. Mas com uma condição.

— Qual?

— Deveis ir acompanhada de uma princesa da casa real.

A rainha refletiu por um instante.

— Pode ser madame de Lamballe? — perguntou.

— Madame de Lamballe? Pode, sim.

— Está decidido, então.

— Tendes o meu consentimento.

— Obrigada.

— E, aproveitando a ocasião, vou encomendar uma nau de linha e ela será denominada *O Colar da Rainha*. Sereis a madrinha da embarcação, minha senhora. Depois vou enviá-la para La Pérouse.

O rei beijou a mão da esposa e deixou seus aposentos todo satisfeito.

II
O cardeal de Rohan

O cardeal Luís de Rohan era um homem na flor da idade, figura imponente e de aparência nobre. Seus traços transpiravam inteligência e brandura: tinha a boca fina e circunspecta; as mãos eram admiráveis, e sua testa, com entradas acentuadas, denunciava um homem de prazeres ou de estudos. E, efetivamente, um e outro estavam presentes no príncipe de Rohan.

Era um homem requisitado pelas mulheres que gostavam da galanteria discreta e sem afetação, e célebre pela sua magnificência. Na verdade, o cardeal descobrira como se considerar pobre com uma renda de 1.600 libras.

O rei o apreciava por ele ser um erudito; já a rainha o detestava.

Nunca se soube exatamente quais seriam as razões desse ódio. Sabe-se apenas que a rainha tinha suas suspeitas de que ele era do tipo que fala mal dos outros, o que teria ocorrido quando foi embaixador em Viena, na corte da sua mãe, a Imperatriz Maria Teresa. Claro que havia aí toda uma rede de intrigas políticas.

Para atender a um pedido de ajuda da Condessa Jeanne de La Motte, o cardeal havia aceitado ir visitá-la. Foi recebido num aposento até bastante confortável graças aos móveis que a condessa tinha conseguido alugar devido à doação da rainha.

— Quer dizer, minha senhora, que sois da família Valois? — disse ele.

— Nasci Valois, monsenhor, como nascestes Rohan.

Ele a convidou a se sentar. Fez-lhe perguntas sobre seus meios de subsistência.

— Espero que não estejais à beira da falência, minha senhora.

Jeanne não respondeu.

— Possuís alguma propriedade, mesmo que hipotecada? Joias de família, como essa aí, por exemplo? — indagou, apontando para uma caixa com a qual a jovem brincava com os dedos brancos e delicados.

— Esta? — perguntou ela.

— É uma caixa bem original, admito. Posso?

E pegou a tal caixa.

— Ah, um retrato!

O cardeal fez um gesto de surpresa.

— Conheceis o original deste retrato? — indagou Jeanne.

— É Maria Teresa.

— Maria Teresa?

— Sim, a imperatriz da Áustria.

— Verdade! — exclamou Jeanne. — É o que pensais, monsenhor?

O cardeal começou a examinar a caixa com mais atenção.

— Onde conseguistes isto? — perguntou.

— Com uma dama que veio me ver anteontem.

— Em vossa casa?

— Em minha casa.

— Com uma dama?

E o cardeal dedicou ainda mais atenção à tal caixa.

— Na verdade, monsenhor — prosseguiu a condessa —, foram duas damas.

— E uma delas vos deu a caixa que tenho em mãos? — indagou ele, desconfiado.

— Não. Ela não me deu nada.

— Então como ela chegou às vossas mãos?

— A dama a esqueceu na minha casa.

O cardeal ficou pensativo, tão pensativo que deixou a condessa de Valois intrigada, refletindo que mais valia ela se manter na defensiva.

Depois, o cardeal ergueu a cabeça e, fitando-a com olhos atentos, perguntou:

— E como se chama essa dama? Sei que ides me desculpar, não é mesmo — acrescentou —, por vos fazer semelhante pergunta; sinto-me constrangido e pareço até um juiz.

— Na verdade, monsenhor, é uma pergunta bem estranha.

— Indiscreta, talvez, mas estranha...

— Estranha, repito. Se eu conhecesse a dama que esqueceu essa caixa...

— Sim?

— Ora, eu mandaria que ela lhe fosse devolvida. Por certo é um objeto importante e eu não gostaria de retribuir sua graciosa visita com 48 horas de preocupação.

— Quer dizer que não a conheceis?

— Não. Tudo que sei é que se trata da superiora de uma instituição de caridade...

— De Paris?

— De Versailles...

— De Versailles? Superiora de uma instituição de caridade...

— Monsenhor, recebo mulheres, pois elas não humilham uma mulher pobre quando pretendem ajudá-la, e essa dama, a quem almas caridosas haviam falado a meu respeito, deixou cem luíses no console da minha lareira quando veio me visitar.

— Cem luíses! — exclamou o cardeal, espantado.

Depois, percebendo que podia ferir a suscetibilidade de Jeanne, que havia efetivamente feito um movimento instintivo, acrescentou:

— Peço-vos desculpas, minha senhora. Não é que eu me espante por alguém vos ter dado tal quantia. Pelo contrário, mereceis toda a comiseração das pessoas caridosas e a vossa origem exige tal atitude da sua parte. O que me espanta é tratar-se de uma dama de caridade, pois estas dão, em geral, esmolas bem mais modestas. Poderíeis descrever essa dama, condessa?

— Dificilmente, monsenhor — replicou a mulher aguçando ainda mais a curiosidade do seu interlocutor.

— Por quê? Se ela veio aqui...

— Sem dúvida. Mas a dama, que provavelmente não queria ser reconhecida, tinha o rosto oculto por um grande capuz.

Entretanto, a misteriosa benfeitora havia dito o nome de sua acompanhante: Andrée. Agora o cardeal tinha um indício ao qual se fiar: só podia se tratar da srta. de Taverney, a favorita da rainha. Portanto, era a própria soberana que tinha vindo a Paris para auxiliar a condessa. O prelado preferiu não declarar o que havia descoberto, mas a mulher esperta tinha adivinhado o que ele pretendia ocultar.

Finalmente, considerando que a moradia que ela ocupava não era digna da sua posição, ele lhe ofereceu uma casa.

— Amanhã, às dez da manhã, a senhora receberá o endereço.

A condessa enrubesceu. O cardeal tomou sua mão em um gesto galante. O beijo que depositou ali foi, a um só tempo, respeitoso, terno e ousado.

Os dois se cumprimentaram com um quê de cerimônia risonha que indica uma intimidade próxima.

— Ilumine o caminho para Sua Eminência — gritou a condessa.

Uma velha criada apareceu trazendo luz.

O prelado se foi.

"Ora, ora", pensou Jeanne, "aparentemente, acabei de dar um grande passo para o mundo."

"Vamos, vamos", pensou o cardeal, subindo na sua carruagem, "acabei resolvendo duas questões. Essa mulher é muito esperta: vai acabar cativando a rainha assim como me cativou."

III
O balde de Mesmer

Em 1784, ou seja, na época em que estamos, o tema da moda, que suplantava todos os demais, que pairava no ar, que se detinha em todas as mentes um pouco elevadas, assim como acontece com a névoa nas montanhas, era o mesmerismo, uma ciência misteriosa mal definida pelos seus inventores.

Na verdade, se é fato comprovado que as verdades bem claras, bem lúcidas, são as únicas a se popularizarem de imediato, é igualmente comprovado que os mistérios exercem uma atração todo-poderosa sobre os povos.

O povo da França andava, portanto, atraído, seduzido de forma irresistível por aquele estranho mistério do fluido mesmeriano que, segundo os adeptos de tal ciência, devolvia a saúde aos doentes, dava sanidade aos loucos e loucura aos sensatos.

Assim, o rei Luís XVI, que, se não era exatamente um curioso, ao menos apreciava as novidades que causavam furor na boa cidade de Paris, permitiu que a rainha — desde que, como o leitor deve lembrar, acompanhada por uma princesa — também fosse ver o que todo mundo já tinha visto.

Isto aconteceu dois dias depois da visita que Sua Eminência o cardeal de Rohan havia feito a madame de La Motte.

A cerimônia médica que se realizava na residência do sr. Mesmer era um espetáculo curioso. O balde do charlatão ficava cheio quase até a borda com água contendo princípios sulfurosos.

Vários espectadores estavam usando máscaras, pois naquele dia havia um baile de máscaras do teatro da Ópera. Entre eles, estava madame de La Motte.

De repente, uma paciente, eletrizada pelo fluido mesmeriano, começou a ter convulsões, e madame de La Motte julgou reconhecer uma das damas que tinha vindo em seu auxílio. A pobre coitada foi transportada para o aposento vizinho.

Enquanto ocorria tal operação, que tinha se tornado interessante em função do auge de furiosa beatitude a que se entregava a jovem vítima das convulsões, madame de La Motte, que, juntamente com outros curiosos, tinha se dirigido à nova sala destinada aos doentes, ouviu um homem exclamar:

— Mas é ela! É ela mesma!

A condessa estava prestes a perguntar ao tal homem "Ela quem?" quando, de súbito, viu duas damas entrando na primeira sala, uma apoiada na outra e seguidas, a curta distância, por um homem que tinha a aparência de um criado de confiança apesar de estar usando trajes burgueses.

O jeito daquelas duas mulheres, especialmente de uma delas, chamou tanto a atenção da condessa que esta deu um passo em sua direção.

Neste exato momento, um grito bem alto, vindo da outra sala e saído dos lábios da mulher que estava tendo convulsões, atraiu todos os presentes.

Pouco depois, o homem que já tinha dito "É ela!" e que estava perto de Madame de La Motte, exclamou, com uma voz grave e misteriosa:

— Olhai, senhores! É a rainha!

Ao ouvir essa palavra, Jeanne estremeceu.

— A rainha! — exclamaram simultaneamente diversas vozes temerosas e espantadas.

— A rainha na residência de Mesmer!

— A rainha está passando por uma crise! — repetiram outras vozes.

— Ah! — disse alguém. — É impossível.

— Olhai bem — disse o desconhecido, com serenidade. — Conheceis a rainha? Sim ou não?

Madame de La Motte estava de máscara como todas as mulheres que, saindo da casa de Mesmer, iam para o baile da Ópera. Podia, portanto, fazer as perguntas que quisesse.

— Meu senhor — indagou ela ao homem que soltava tantas exclamações e que era corpulento, com o rosto cheio e corado, e olhos brilhantes particularmente observadores —, não acabastes de dizer que a rainha está aqui?

— Ah, minha senhora, não tenhais a menor dúvida quanto a isto — respondeu ele.

— Mas onde?

— Estais vendo a jovem lá adiante, sentada nas almofadas roxas, mergulhada numa crise tão ardente que não consegue controlar seus ímpetos? Pois é a rainha.

— Mas em que vos baseais para afirmar que essa mulher é a rainha?

— Baseio-me no simples fato de que essa mulher é a rainha — replicou o personagem acusador num tom imperturbável.

E distanciou-se da sua interlocutora para divulgar a notícia entre os grupos.

Jeanne quis se afastar do espetáculo quase revoltante proporcionado pela epilética. Mal deu alguns passos em direção à porta, porém, viu-se praticamente cara a cara com as duas damas que, esperando sua vez de se aproximarem dos pacientes em convulsão, observavam, não sem interesse, o balde, as hastes e a tampa.

Assim que viu o rosto da mais velha das mulheres, Jeanne gritou.

— O que houve? — perguntou a tal dama.

Com um movimento rápido, Jeanne tirou a máscara.

— Vós me reconheceis? — indagou.

A dama esboçou um movimento, mas logo o conteve.

— Não, minha senhora — respondeu, um tanto perturbada.

— Pois eu vos reconheço e posso provar o que digo.

Diante dessa interpelação, as duas damas se aproximaram mais uma da outra, assustadas.

Jeanne tirou do bolso a caixa com o retrato.

— Esquecestes isto na minha casa — disse ela.

— Quando teria sido isso, minha senhora? — perguntou a mais velha. — Por que tanta comoção?

— Fico tocada ao ver o perigo que Vossa Majestade corre neste lugar.

— Explicai-vos.

— Ah, não! Antes deveis pôr a máscara, minha senhora.

E estendeu seu lobo para a rainha, que hesitou em aceitar, julgando-se suficientemente escondida pelo capuz que lhe cobria a cabeça.

— Aceitai, aceitai, minha senhora — disse-lhe sua companheira.

Com um gesto quase mecânico, a rainha cobriu o rosto com a máscara.

Graças a Jeanne, ela escapou de uma situação delicada. Como recompensa por tal ajuda, a rainha prometeu conceder-lhe uma audiência.

IV
Como dois amigos se tornam inimigos

Na rua Montorgueil, nos fundos de um pátio cercado por uma grade, ficava uma casinha alta e estreita, protegida do barulho da rua por venezianas que lembravam o clima do campo. Era ali que morava um jornalista bem conhecido, um gazeteiro, como se dizia na época, chamado Réteau de Villette.

Seu periódico era um semanário e tinha saído no dia em que estamos, 72 horas depois do baile da Ópera em que Maria Antonieta havia sido vista. Belo tema para um panfleto! Mas o jornalista que atacou a rainha ia perceber que não lhe faltavam defensores.

Réteau ainda não tinha se levantado quando um cavalheiro, Olivier de Charny, veio tirá-lo da cama para ter condições melhores de lhe dar uma surra. O jornalista tentou fugir: correu para o pátio onde foi detido por Philippe de Taverney, que também fora até ali com a intenção de castigá-lo. O sr. de Charny lhe deu cinco ou seis bengaladas bem fortes e, depois, juntamente com o sr. de Taverney, tratou de pôr fogo na edição que havia provocado a fúria de ambos. Infelizmente, os dois sabiam que mil exemplares haviam sido entregues ao conde de Cagliostro.

Quando acabaram de queimar as últimas unidades, os dois jovens se separaram. Logo voltariam a se encontrar na entrada da rua Neuve-Saint-Gilles.

Ambos tiveram a mesma ideia: ir tirar satisfações com o sr. de Cagliostro.

Lá chegando, nem um nem outro tinha qualquer dúvida a respeito do projeto daquele que voltava a encontrar.

— Sr. de Charny — disse Philippe —, já que deixei o vendedor ao vosso encargo, bem que poderíeis deixar o comprador para mim. Permiti que lhe désseis bengaladas. Permiti agora que eu use minha espada.

— Meu senhor — respondeu Charny —, creio que só fostes galante comigo porque cheguei primeiro e por nenhuma outra razão.

— Está certo, mas aqui — retrucou Taverney — chegamos ao mesmo tempo e vou tratar de deixar algo bem claro: desta vez, não farei qualquer concessão.

E esses dois jovens que se consideraram rivais assim que se viram, que se tornaram inimigos no primeiro encontro, decidiram ir para o bosque de Boulogne.

Por que iam se enfrentar em um duelo? Na verdade, porque ambos amavam a rainha em segredo.

Durante o trajeto, trocaram poucas palavras. Quando encontraram um local adequado, Taverney desembainhou sua espada e Charny fez o mesmo.

— Meu senhor — disse Charny —, creio que estamos nos esquivando ao verdadeiro motivo desta querela.

— Não entendo o que quereis dizer, conde — replicou Philippe.

— Ah, entendeis, sim, meu senhor, e perfeitamente...

— Em guarda! — exclamou Philippe.

As espadas se cruzaram.

Nos lances iniciais, Philippe percebeu que era muitíssimo superior ao seu adversário. Esta certeza, porém, ao invés de lhe dar novo ânimo, pareceu tirar todo seu entusiasmo.

Charny era mais jovem, e, principalmente, mais impetuoso. Sentindo o sangue lhe ferver nas veias, ficou envergonhado diante da calma do seu oponente e quis obrigá-lo a sair de tal estado.

— Como eu estava dizendo, meu senhor, estamos nos esquivando do verdadeiro motivo deste duelo.

Philippe não respondeu.

— Pois vou dizer-vos que motivo é esse: estivestes procurando briga comigo, sim, fostes vós quem começastes; estivestes procurando briga comigo por ciúme.

Philippe permaneceu calado.

— Ah, já entendi — prosseguiu Charny. — Estais querendo bancar o magnânimo para comigo. É isso, não é, cavalheiro? Hoje à noite ou amanhã, pretendeis contar para algumas belas damas que me derrubastes no chão e que tivestes a condescendência de me deixar vivo.

— Senhor conde — retrucou Philippe —, na verdade creio que estais ficando louco.

— Quereis matar o sr. de Cagliostro para agradar a rainha, não é mesmo? E, para agradá-la mais ainda, quereis me matar também, mas usando o ridículo como arma.

— Ah! Agora estais exagerando! — exclamou Philippe, franzindo o cenho. — O que dissestes só prova que vosso coração não é tão generoso quanto eu acreditava.

— Ora! Pois, então, atravessai logo este coração! — disse Charny baixando a guarda no exato momento em que Philippe fazia um movimento rápido com uma das pernas.

A espada desceu pelas suas costelas abrindo um talho sangrento sob sua camisa de tecido fino.

Taverney tomou todas as providências necessárias para que seu adversário ferido fosse levado para casa. Depois, foi atrás do conde de Cagliostro e o encontrou exatamente quando ele estava de saída.

— Desculpai-me, senhor — disse o cavalheiro cumprimentando o conde, um homem alto, com um vigor e uma vivacidade pouco comuns.

— Desculpar-vos, meu senhor? Por quê? — retrucou o outro.

— Porque vou impedir-vos de sair.

— Deveríeis pedir desculpas se tivésseis vindo mais tarde, cavalheiro.

— E por quê?

— Porque eu estava à vossa espera.

Philippe franziu a testa.

— Como assim à minha espera?

— Isso mesmo. Avisaram-me da vossa visita.

— Da minha visita? Fostes avisado?

— Mas claro, duas horas atrás. Deve fazer uma ou duas horas que resolvestes vir até aqui, não é mesmo? Mas um incidente contra a vossa vontade vos obrigou a retardar a execução de tal projeto.

Philippe cerrou os punhos. Sentia que aquele homem exercia uma estranha influência sobre ele.

Conseguiu, porém, se recompor e exigiu, num tom provocador, os exemplares da gazeta.

— Meu senhor — disse ele —, estou defendendo a realeza combatendo pela honra da rainha.

— E eu — replicou Cagliostro — pisoteio as rainhas para alçar os povos a outro nível.

Quando Philippe, com a espada em punho, assumiu uma postura mais ameaçadora, Cagliostro o desarmou sem dificuldade.

— Meu senhor — prosseguiu o jovem —, conseguirei fazer-vos destruir esse panfleto que fará uma mulher chorar ou, juro pela minha honra, já que esta espada não é páreo para vós, vou usá-la para atravessar meu próprio coração aqui, a vossos pés.

Tocado por essa atitude corajosa, Cagliostro acabou cedendo.

— Contai — disse ele ao cabo de um instante de silêncio — para ver se os mil exemplares estão aí. E podeis queimá-los até que não sobre mais nenhum.

Philippe sentiu que o coração quase lhe saía pela boca. Correu até o armário, tirou dali os panfletos e os jogou ao fogo, apertando efusivamente a mão do conde.

— Adeus, adeus, meu senhor — disse ele. — Mil vezes obrigado pelo que fizestes por mim.

E foi embora.

V
Ao redor da rainha

O conde de Provença, irmão do rei, e o sr. de Crosne, tenente da polícia, afirmavam que a rainha tinha sido vista na casa de Mesmer, numa postura indecente, durante uma crise de epilepsia. Madame de Lamballe tranquilizou o rei contando-lhe simplesmente o que havia acontecido. Já a rainha exigiu que madame de La Motte, que viera lhe trazer a caixa com o retrato, desse o próprio depoimento confirmando o da princesa.

Mas, decididamente, a pobre Maria Antonieta não conseguiu pôr um fim nas maledicências.

O conde de Artois, outro irmão do rei, não veio lhe declarar que a tinha visto no baile da Ópera, chegando até a acrescentar que o sr. de Taverney poderia confirmar tal declaração?

Assim que foi convocado, o cavalheiro se apresentou. Maria Antonieta correu ao seu encontro e, postando-se à sua frente, perguntou:

— Então, meu senhor, sois capaz de dizer a verdade?

— Sou, Majestade, e sou incapaz de mentir — respondeu o rapaz.

— Dizei... Dizei pois francamente se... se me vistes em algum lugar público nos últimos oito dias.

— Vi, sim, Majestade — respondeu Philippe.

Dentro dos aposentos reais, os corações batiam com tanta força que quase se podia ouvi-los.

— Onde foi que me vistes? — indagou a rainha com uma voz terrível.

Philippe ficou calado.

— Ah, não tendes com que vos preocupar, meu senhor. Meu irmão aqui presente afirma ter me visto no baile da Ópera. E vós? Onde me vistes?

— Como o senhor conde de Artois, Majestade, no baile da Ópera.

A rainha se deixou cair no sofá.

Depois, levantando-se com a rapidez de uma pantera ferida, acrescentou:

— Isso não é possível, já que não fui a tal baile. Uma única testemunha não prova nada, meus senhores.

— Agora me lembro — disse o conde de Artois — de que, no momento em que vos vi, sr. de Charny estava perto de mim.

— Pois que ele venha até aqui! — exclamou a rainha.

Apesar do seu ferimento, o sr. de Charny não tardou a atender ao chamado da sua soberana.

Entrou, um tanto pálido, mas andando aprumado e, aparentemente, sem sentir dor alguma.

Diante daquelas presenças tão ilustres, ele assumiu a postura respeitosa e rígida do homem da alta sociedade e do soldado.

— Cuidado, minha irmã — disse o conde de Artois à rainha em voz baixa. — Tenho a impressão de que estais interrogando gente demais.

— Pois eu interrogaria o mundo inteiro, meu irmão, até encontrar alguém que me dissesse que estais enganado.

Nesse meio-tempo, Charny vira Philippe e o cumprimentara de forma cortês.

— Sois um carrasco da vossa própria saúde — disse ele baixinho, dirigindo-se ao seu adversário. — Sair assim ferido! Mas, na verdade, quereis morrer...

— Ninguém morre por se arranhar num arbusto do bosque de Boulogne — replicou Charny, feliz da vida por dar ao seu inimigo uma espetadela moral mais dolorosa do que o ferimento causado pela espada.

A rainha se aproximou e pôs fim a tal colóquio que havia sido mais uns apartes isolados do que um diálogo efetivo.

— Sr. de Charny — disse ela —, segundo esses senhores aqui presentes, fostes ao baile da Ópera.

— Sim, Majestade — respondeu o rapaz fazendo uma reverência.

— Dizei-nos o que viu lá.

— Vossa Majestade deseja saber o que vi ou quem vi?

— Isso mesmo... Quem vistes e nada de discrição, sr. de Charny; nada de reticências complacentes.

— Devo dizer tudo... Majestade?

O rosto da rainha recobrou a palidez que, por dez vezes, desde as primeiras horas do dia, tinham substituído um rubor febril.

— Para começar, respeitando a hierarquia e as leis do respeito que devo... — começou Charny.

— Diga, pois... Vós me vistes lá?

— Sim, Majestade. No momento em que, por infelicidade, a máscara da rainha caiu.

— Mas não é verdade! — exclamou a soberana num tom que expressava a inocência desesperada. — Não é verdade. O sr. conde de Artois está enganado; o sr. de Taverney está enganado. E vós também estais enganado, sr. de Charny.

Para sua felicidade, o rei apareceu. Veio fornecer à sua esposa um álibi incontestável.

— Na noite do baile da Ópera — disse ele —, eu estava nos aposentos da rainha.

Mas, então, quem poderia ter enganado tantas testemunhas? O tenente da polícia ficou encarregado de esclarecer tal mistério.

Durante a tarde daquele dia repleto de emoções, os joalheiros Bœhmer e Bossange se apresentaram para uma audiência com a soberana. Vinham anunciar que o embaixador de Portugal havia manifestado a intenção de comprar o magnífico colar.

— Mas não deixaremos que esta joia saia da França... — disse Bœhmer, abrindo o estojo que o abrigava.

— ... Sem vir depositar aos pés de Vossa Majestade o quanto lamentamos que isso aconteça — acrescentou Bossange.

A condessa de La Motte, que continuava no local, não se conteve.

E, tirando do estojo o colar real, colocou-o com tamanha habilidade no colo de pele acetinada de Maria Antonieta que, num piscar de olhos, esta se viu inundada de fosforescência e cores reluzentes.

A rainha não tardou a se aproximar de um espelho: estava radiante. Ficou ali se admirando, esquecida de tudo o mais. Depois, assustada, quis tirar o colar do pescoço.

— Chega — disse ela. — Chega!

— Ele tocou na pele de Vossa Majestade! — exclamou Bœhmer. — E, agora, não servirá para mais ninguém.

— Impossível — replicou Maria Antonieta, com firmeza. — Brinquei um pouco com esses diamantes, meus senhores, mas prolongar tal brincadeira seria um erro.

— Vossa Majestade tem todo o tempo necessário para se acostumar com essa ideia — disse Bœhmer. — Voltaremos amanhã.

— Pagar depois não deixa de ser pagar. E, afinal, por que pagar depois? Tendes pressa. Por certo estão vos oferecendo um preço mais vantajoso.

— É verdade, Majestade. E em espécie — replicou o comerciante voltando a ser comerciante.

— Levem isso! Levem isso! — exclamou a rainha, devolvendo os diamantes ao estojo original. — Depressa! Depressa!

— Vossa Majestade talvez esteja se esquecendo de que uma joia como esta é dinheiro e, daqui a cem anos, o colar continuará valendo o que vale hoje.

— Dai-me um milhão e meio de libras, condessa — retrucou a rainha, sorrindo —, e resolvemos esta história.

— Ah, se eu tivesse essa quantia! — exclamou a moça. — Ah!...

Mas calou-se. Nem sempre frases longas valem tanto quanto o silêncio apropriado.

Apesar de Bœhmer e Bossange levarem uns 15 minutos fechando e trancando a cadeado seus diamantes, a rainha não fez mais qualquer movimento.

Pelo seu ar afetado e pelo seu silêncio, via-se que a joia a havia impressionado e que, dentro dela, travava-se uma luta difícil.

Como geralmente fazia nos momentos de decepção, a rainha estendeu a mão para um livro que folheou por instantes, sem ler as páginas que abria.

Os joalheiros despediram-se perguntando:

— Vossa Majestade recusou o colar?

— Sim... Sim — balbuciou a soberana, que desta vez suspirou por todos eles.

Os dois se foram.

Jeanne viu que o pé de Maria Antonieta se balançava sobre a almofada de veludo que ainda mostrava onde havia sido pisada.

"Ela está sofrendo", pensou a condessa sem se mover.

Fez uma saudação respeitosa, recuou até a porta e saiu, deixando Maria Antonieta entregue às suas tristezas e vertigens.

— As tristezas da impotência, as vertigens do desejo — disse a moça consigo mesma. — E ela é rainha! Ah, não, ela é mulher!

E foi-se embora.

VI
Quando se começam a ver rostos por trás das máscaras

A estrada que leva de Versailles a Paris é longa e, quando a percorremos acompanhados do demônio da cobiça, ele tem todo o tempo do mundo para sussurrar nos nossos ouvidos as mais ousadas maquinações.

Jeanne estava inebriada por aquela quantia de um milhão e meio de libras derramada sobre o cetim branco do estojo dos joalheiros Bœhmer e Bossange.

Um milhão e meio de libras! Não era efetivamente uma fortuna de príncipes? Ainda mais para uma pobre mendiga que, um mês atrás, estendia a mão para receber a esmola dos ricos.

Naquela mesma noite, convidou o sr. de Rohan para jantar.

— Passei cerca de três horas na saleta da rainha, monsenhor — disse ela.

— Três horas! — exclamou o cardeal. — Sois realmente fascinante e, diante de vós, ninguém seria capaz de resistir.

— Ah, ah! Estais exagerando, meu príncipe.

Com muita perspicácia, ela soube valorizar o papel que havia desempenhado na presença da rainha. Depois chegou até a afirmar que Maria Antonieta lamentava ter recusado aqueles diamantes.

— Ouvi bem, meu caro príncipe — disse, então. — Sua Majestade daria o cargo de ministro ao homem que conseguisse tornar aquela joia parte da sua toalete.

O cardeal era ambicioso e nutria um amor secreto pela rainha.

Foi à loja dos senhores Bœhmer e Bossange para comprar o colar a crédito, contando com a participação de madame de La Motte para que Maria Antonieta ficasse sabendo.

Guardando semelhante segredo, prevendo um futuro promissor, escudada em dois apoios tão consideráveis, sentia-se forte o bastante para erguer o mundo nas mãos.

Determinou um prazo de 15 dias para dar a primeira mordida no saboroso cacho de uvas que a sorte erguia sobre sua testa.

Aparecer na corte, não mais como uma pedinte, uma mendiga, mas como uma descendente dos Valois, com uma renda mensal de cem mil libras, um marido duque e par da corte, conseguir o título de favorita da rainha e, nesses tempos de intrigas e tormentas, comandar o Estado governando o rei por intermédio de Maria Antonieta: era este o panorama que se desenrolava diante da inesgotável imaginação da condessa de La Motte.

Chegado o dia, ela deu apenas um pulo em Versailles. Não tinha audiência marcada, mas sua fé na sua boa estrela era agora tão grande que Jeanne não tinha a menor dúvida de que o protocolo se curvaria à sua vontade.

E tinha razão.

A rainha aceitou recebê-la no salão de banho, onde suas damas a esperavam.

Ao ver tanta gente ao redor da soberana, a condessa não tocou no assunto.

Depois de entrar no banho, a rainha dispensou todas as damas.

— Majestade — principiou Jeanne. — Tendes à vossa frente uma mulher bastante constrangida.

Quando ela se referiu ao cardeal, elogiando sua generosidade, Maria Antonieta ficou muito aborrecida.

— Vós o conheceis mal, condessa. O sr. de Rohan é um clérigo mundano, um pastor que granjeia as ovelhas tanto para si mesmo quanto para o Senhor.

Com paciência e brandura, Jeanne conseguiu dizer que o sr. de Rohan havia comprado os diamantes de Bœhmer.

— E qual foi sua intenção ao comprá-los? — perguntou Maria Antonieta.

— Se eles não podiam ser de Vossa Majestade, que ao menos não fossem de nenhuma outra mulher.

— Tendes certeza de que não foi para dá-lo de presente a alguma amante que o sr. de Rohan comprou aquele colar?

— Tenho certeza de que ele prefere destruir a joia a vê-la brilhar em outro pescoço que não seja o da rainha.

Maria Antonieta pensou um pouco e sua nobre fisionomia revelou sem sombra de dúvidas tudo o que lhe passava pela alma.

— O que o sr. de Rohan fez é notável — disse ela. — Um gesto nobre que demonstra uma devoção delicada.

Jeanne absorvia as palavras com ardor.

— Agradecei, pois, ao sr. de Rohan — prosseguiu a rainha.

— Ah, claro, Majestade.

— Dizei-lhe também que a amizade dele por mim está provada e que eu, como espírito cavalheiresco, como diz Catarina, aceito tudo que vem da amizade como algo a ser retribuído. Aceito, portanto, não o presente do sr. de Rohan...

— O quê, então?

— Seu adiantamento... O sr. de Rohan teve a gentileza de oferecer seu dinheiro ou seu crédito para me agradar. Vou reembolsá-lo. Bœhmer queria pagamento à vista, certo?

— Isso mesmo, Majestade.

— Quanto? Duzentas mil libras?

— Duzentas e cinquenta mil.

— É o correspondente a um trimestre da pensão que recebo do rei. O dinheiro me foi enviado hoje de manhã, como um adiantamento, bem sei, mas o fato é que foi enviado.

A rainha logo tratou de chamar suas damas que vieram vesti-la depois de envolvê-la em finas cambraias.

Quando ficou a sós com Jeanne e de volta aos seus aposentos, disse à condessa:

— Peço-vos que abrais esta gaveta.

— A primeira?

— Não. A segunda. Vedes uma carteira?

— Aqui está, Majestade.

— Ela contém 250 mil libras. Podeis conferir.

Jeanne obedeceu.

— Levai esta quantia ao cardeal. E agradecei mais uma vez em meu nome. Dizei-lhe que pretendo pagar assim todo mês. Acertaremos a questão dos juros. Assim, terei o colar que tanto me agradou e, se tiver problemas para pagar, não estarei criando problemas para o rei. — Refletiu por um minuto. —

E saí lucrando com isto — prosseguiu, enfim —, pois fiquei sabendo que tenho um amigo delicado que me fez um favor... — A rainha fez mais uma pausa. — E uma amiga que soube ler os meus pensamentos — acrescentou, oferecendo a mão a Jeanne, que logo se precipitou para beijá-la.

Em seguida, quando a visitante já estava de saída, a soberana acrescentou, não sem alguma hesitação:

— Condessa — disse ela baixinho, como se tivesse medo do que ia dizer —, dizei ainda ao sr. de Rohan que ele é bem-vindo a Versailles e que lhe devo meus agradecimentos.

Jeanne deixou os aposentos reais não inebriada, mas enlouquecida de alegria e de orgulho satisfeito.

Agarrava-se às notas de dinheiro como um abutre se agarra à presa capturada.

Logo tratou de relatar o ocorrido ao cardeal.

Não estava lidando com um ingrato. Do maço de 250 mil libras enviadas pela rainha, o clérigo enfiou 25 mil nas mãos de Jeanne.

VII
Delírio

Usando a calça do uniforme que o doutor havia desabotoado, com a perna agitada e fina coberta por uma meia de seda com espirais de opala e nácar, os braços estendidos como os de um cadáver e rígidos sob as mangas de cambraia amassadas, Charny tentava erguer do travesseiro a cabeça que pesava mais do que chumbo.

Um suor fervente escorria em gotas pela testa e fazia os cachos soltos do cabelo grudarem nas têmporas.

Vítima de uma febre terrível, o ferido estava sendo tratado lá mesmo em Versailles. E, como em seu delírio, dizia coisas insensatas, o dr. Luís mandou avisar à rainha que decidiu ver o doente.

Quando ela se aproximou da porta, Charny, com os olhos abertos e febris, estava dizendo:

— Amo loucamente a rainha da França. Daria a vida por ela... Ah, Maria, eu vos amo, eu vos amo...

Transtornada, a soberana não quis ir mais além.

O doutor ficou pensativo, vendo-a se afastar. Depois, balançando a cabeça, disse com seus botões:

— Neste castelo — murmurou — existem mistérios que não são da alçada da ciência...

De repente, o médico estremeceu. Virou-se um pouco para o lado com olhos e ouvidos atentos.

— Ora... Tem alguém aí? — sussurrou.

Na verdade, acabara de ouvir algo que parecia um murmúrio e um farfalhar de tecidos na extremidade do corredor. Era Andrée de Taverney, a favorita da rainha. A emoção que a assolava era tamanha que não passou despercebida ao doutor.

— O que vos traz aqui, minha filha?

— Como está o sr. de Charny?

O silêncio com o qual o dr. Luís acolheu aquelas palavras que seriam de se esperar, no entanto foi glacial. Na verdade, o médico estava comparando a atitude de Andrée com a da rainha. Via as duas mulheres movidas pelo mesmo sentimento e, pelos sintomas apresentados, julgava reconhecer tal sentimento como sendo um amor ardente.

No dia seguinte, o enfermo estava um pouco melhor. O médico quis tirá-lo dali, mas ele se recusou.

A soberana aceitou visitá-lo.

— Já recobrastes o bom senso, sr. de Charny? — perguntou ela.

— Já, Majestade.

— Tendes consciência da afronta que fizestes a mim e do crime cometido contra... o rei?

— Meu Deus! — balbuciou o infeliz.

— Pois vós, senhores cavalheiros, esqueceis com excessiva facilidade que o rei é o esposo dessa mulher que todos vós insultais ao erguer os olhos para ela; o rei é o pai de vosso futuro soberano, meu delfim. O rei é um homem maior e melhor que todos vós; um homem que amo e venero.

— Oh! — murmurou Charny com um gemido abafado.

E, para se aguentar, precisou apoiar uma das mãos no assoalho.

Seu grito atingiu o coração da rainha. Pôde ver, no olhar baço do rapaz, que ele acabava de receber um golpe mortal e precisava extrair imediatamente da sua ferida o dardo que havia lançado ali.

Foi por isso que, misericordiosa e branda, a soberana se assustou diante da palidez e da fraqueza do culpado e quase chegou a pedir socorro.

Lembrou-se, porém, que o médico e Andrée interpretariam mal esse desfalecimento do enfermo e tratou, então, de reerguê-lo com as próprias mãos.

— Precisamos conversar. Eu, enquanto rainha; vós, enquanto homem. O doutor Luís tentou curá-lo. Esse ferimento, que nada tinha de grave, piorou por causa das extravagâncias de vossa mente. Quando ela ficará curada? Quando deixareis de apresentar aos olhos do bom doutor o escandaloso espetáculo de uma loucura que o preocupa? Quando partireis do castelo?

— Majestade — balbuciou Charny —, já que me expulsais... Vou-me embora. Vou-me embora.

E, no intuito de partir, fez um movimento tão brusco que perdeu o equilíbrio e veio cair, cambaleando, nos braços da rainha que estava entre ele e a porta.

No calor do contato, a rainha, esquecida de tudo o mais, ergueu o jovem, apoiou sua cabeça morta no próprio peito e levou uma das mãos gélidas ao seu coração.

O amor realizou um milagre: Charny ressuscitou.

Antes de se retirar, a soberana lhe recomendou mais uma vez que deixasse o castelo.

No dia seguinte, Charny partiu para suas terras.

Quando ele estava se afastando, Andrée de Taverney, com ciúme da influência que a rainha exercia sobre o homem que ela amava em silêncio, decidiu abandonar o serviço de sua soberana.

Seu irmão a acompanhou até a abadia de Saint-Denis, o convento onde ela havia escolhido se recolher.

VIII
Maria Antonieta, rainha, Jeanne de La Motte, mulher

O sr. de Calonne mal tinha atravessado a galeria para voltar para casa e a unha de uma mão apressada já roçava a porta dos aposentos íntimos da rainha.

Jeanne apareceu.

— Ele está aí, Majestade — disse ela.

— O cardeal? — perguntou a soberana um pouco surpresa pelo uso da palavra *ele* que significa tanto quando pronunciada por uma mulher.

Não conseguiu dizer mais nada. Jeanne já havia mandado entrar o sr. de Rohan e se despedido, apertando às escondidas a mão daquele que era seu protetor protegido.

O príncipe se viu a sós com a rainha, a apenas três passos dela, e, com todo respeito, lhe apresentou as saudações de praxe.

— Meu senhor — disse a rainha —, mostraram-me um traço de vosso caráter que apaga vários de vossos erros.

— Os erros a que se refere Vossa Majestade seriam atenuados por algumas palavras de explicação trocadas entre mim e a rainha.

Ofereceu-lhe então o colar que Maria Antonieta aceitou sem hesitar, pois o sr. de Calonne, o ministro das finanças, acabara de lhe prometer quinhentas mil libras.

Em seguida, o cardeal fez algumas declarações extremamente polidas que foram muito bem recebidas e, então, retomou o que dissera à rainha quanto à reconciliação de ambos.

Mas, como ela havia decidido não admirar os diamantes na frente dele e estava louca para vê-los, não prestou muita atenção ao que o visitante lhe dizia.

Foi também com distração que ela lhe estendeu a mão que o cardeal beijou ardentemente. Depois, despediu-se, julgando estar atrapalhando. A rainha ficou exultante. Um simples amigo jamais atrapalha; alguém que nos é indiferente menos ainda.

Assim transcorreu esse encontro que curou todas as feridas do coração do cardeal. Ele saiu dos aposentos da rainha entusiasmado, cheio de esperança e disposto a demonstrar à madame de La Motte uma gratidão ilimitada pela negociação que ela havia concluído de forma tão feliz.

Jeanne estava à sua espera na carruagem, a cem passos das sentinelas. E foi ali que recebeu a ardente demonstração da amizade do prelado.

Mas uma péssima surpresa o aguardava em sua residência. O conde de Cagliostro viera cobrar o reembolso imediato da quantia de quinhentas mil libras que ele lhe havia emprestado.

No exato momento em que o cardeal confiava a madame de La Motte seus problemas financeiros, o rei presidia o conselho de ministros.

— Quinhentas mil libras para a rainha! — exclamou, espantado. — Não, sr. de Calonne, não! Este empréstimo está vetado.

Cerca de uma hora depois, a condessa de La Motte foi convocada de volta a Versailles.

Estava sendo esperada e foi imediatamente levada ao encontro de Maria Antonieta.

A rainha estava bordando, ou fingindo bordar. Comunicou a Jeanne que o rei não queria lhe dar o dinheiro que o sr. de Calonne havia prometido.

— Meu Deus! — murmurou a condessa.

— Não dá para acreditar, não é mesmo, condessa? Recusar, vetar uma ordenança já aprovada... Enfim, não adianta chorar sobre o leite derramado. Voltai imediatamente a Paris e dizei ao cardeal que aceito que ele me empreste quinhentas mil libras para pagar uma primeira promissória.

— Ah, Majestade — murmurou Jeanne —, estamos perdidas. O senhor cardeal não tem mais dinheiro. Acabaram de lhe cobrar uma dívida, coisa com a qual ele não contava. Era uma dívida de honra e ele a saldou.

A rainha apoiou a testa nas mãos.

— Tenho que tomar uma atitude — disse ela. — Como podeis ver, condessa, esta é uma terrível lição. Estou sendo punida por ter agido às escondidas do rei e cometido um ato de pouca importância, movida por reles ambição ou vaidade mesquinha. Tendes que admitir que eu não tinha nenhuma necessidade de possuir esse colar.

— É verdade, Majestade, mas se uma rainha só se guiasse pelas suas necessidades e seus gostos...

A soberana não deu ouvidos às objeções de madame de La Motte; pelo contrário, encarregou-a de devolver os diamantes aos joalheiros, de lhes informar que ela não fazia questão de recuperar as 250 mil libras que dera de entrada e que só desejava um recibo deles.

Antes de mais nada, Jeanne passou em casa para vestir um traje menos elegante, mais adequado àquela tarefa noturna.

A camareira a vestiu rapidamente e percebeu que a condessa estava pensativa e distraída durante o processo ao qual uma dama da corte dedicava geralmente tanta atenção.

De fato, Jeanne não estava pensando na sua toalete: pouco lhe importava o que estivesse ocorrendo ali. Toda a sua atenção estava voltada para uma ideia estranha que a ocasião lhe havia sugerido.

"Não posso deixar de consultar o cardeal!", disse com seus botões. "Um milhão e quatrocentas mil libras!", prosseguiu a condessa em pensamento. "Ele nunca vai conseguir um milhão e quatrocentas mil libras!"

— Saia, Rose! — exclamou ela.

A camareira obedeceu e madame de La Motte continuou com seu monólogo mental.

"Que quantia! Que fortuna! Que vida maravilhosa! Impressionante como toda a felicidade, todo o brilho proporcionados por semelhante soma estão bem representados nessa pequena serpente de pedras que flameja neste estojo..."

Sentou-se no sofá com os diamantes enrolados numa das mãos, a cabeça ardente, repleta de pensamentos confusos que às vezes chegavam a assustá-la e que ela tentava rechaçar com uma energia febril.

De repente, seu olhar ficou mais calmo, mais fixo, detendo-se mais numa imagem mental uniforme. Passou uma hora nessa muda e profunda contemplação de um objetivo misterioso.

Depois disso, a condessa se levantou bem devagar, o rosto pálido como uma sacerdotisa inspirada, e tocou a sineta para chamar a camareira.

Eram duas horas da manhã.

— Traga-me uma carruagem — ordenou ela.

Dez minutos mais tarde, o coche parava diante da porta do panfletário Réteau de Villette.

O resultado de tal visita noturna a Réteau de Villette só apareceu na manhã seguinte e da seguinte forma:

Às sete horas da manhã, madame de La Motte fez chegar às mãos da rainha uma carta que continha o recibo dos joalheiros.

Eis o teor desse importante documento:

> "Nós, abaixo assinados, declaramos ter recuperado a posse do colar de diamantes originalmente vendido à rainha pela quantia de um milhão e seiscentas mil libras. Os diamantes não foram do agrado de Sua Majestade que nos indenizou pelos procedimentos e despesas que tal recusa provocou deixando de recuperar a quantia de 250 mil libras que nos havia sido paga.
>
> Ass.: Bœhmer e Bossange"

A soberana, agora tranquila com relação a esse caso que a havia atormentado por tanto tempo, guardou o recibo na cômoda e não voltou a pensar nisso.

No entanto, numa estranha contradição com tal bilhete, os joalheiros Bœhmer e Bossange receberam, dois dias mais tarde, a visita do cardeal de Rohan, que ainda se sentia um tanto inseguro quanto ao pagamento da primeira parcela combinada entre os comerciantes e a rainha.

Os joalheiros o tranquilizaram. Tinham acabado de receber uma promissória que os satisfazia plenamente: seriam pagos dentro de três meses.

— Monsenhor — disse Bœhmer —, temos uma garantia escrita de próprio punho por Sua Majestade.

— Ah, como sois felizes, senhores joalheiros, por receber cartas da rainha...

Nenhum deles fazia ideia de que se tratava de uma falsificação.

Agora podemos tirar as máscaras. Não sobrou nenhum véu cobrindo a estátua. Todos entenderam o que Jeanne de La Motte fez contra sua benfeitora ao vê-la lançar mão da pena do panfletário Réteau de Villette. Os joelheiros não estavam mais preocupados, a rainha não precisava mais ter escrúpulos, o cardeal não tinha mais qualquer dúvida. Foi concedido um prazo de três meses para a perpetração do roubo e do crime; durante esse tempo, os frutos sinistros terão amadurecido o suficiente para serem colhidos pela mão perversa.

IX
As duas vizinhas

Jeanne tinha decidido vender alguns dos diamantes por cem escudos e embarcar para a Inglaterra ou para a Rússia, países livres nos quais levaria uma vida de riqueza com tal quantia por uns cinco ou seis anos. Ao cabo desse tempo, sem precisar se preocupar, venderia aos poucos de forma bem mais lucrativa o resto das pedras.

Mas nem tudo aconteceu como ela desejava. Quando foi mostrar os primeiros diamantes a dois especialistas, a surpresa e a prudência por eles demonstradas a deixaram assustada. Um lhe ofereceu uma quantia desprezível; o outro ficou extasiado diante dos diamantes e disse que jamais havia visto semelhantes, a não ser no colar de Bœhmer.

Jeanne se conteve. Um passo a mais e teria se traído. Compreendeu então que, nesse caso, a imprudência equivaleria à ruína e a ruína seria o pelourinho e a prisão perpétua. Ocultando os diamantes no melhor esconderijo que encontrou, resolveu se munir de armas defensivas tão sólidas, tão letais, que, em caso de guerra, quem viesse enfrentá-la fosse vencido mesmo antes do combate.

"Em primeiro lugar", pensou ela, "darei um jeito para que o cardeal e a rainha não se encontrem mais. Mas também é preciso que, por meu intermédio, ambos se vejam comprometidos. Diante de um tribunal, ele não vai se atrever a acusar seu criado. Quem poderia ser convencido por um criado a cometer um crime tão desonroso quanto o roubo..."

Durante os momentos de agitação, de devaneios da condessa, uma cena inteiramente diferente acontecia na rua Saint-Claude, diante da casa onde Jeanne morava.

O sr. de Crosne, como o leitor deve lembrar, havia sido encarregado de localizar a pessoa tão parecida com a rainha que tantos tinham visto na casa de Mesmer e no baile da Ópera. Estava prestes a deter uma tal de Nicole Legay, mais conhecida como Oliva, quando ela conseguiu escapar graças à ajuda do sr. de Cagliostro. Por alguns dias, o conde havia hospedado a fugitiva num dos seus palacetes e, depois, a escondeu no terceiro andar de um prédio, num apartamento composto por três aposentos e de onde se tinha uma excelente visão da rua Saint-Claude.

Era ali que Oliva morava, mimada por Cagliostro. Naquele local, podia ficar tranquila, mas sentia-se entediada e, para se distrair, ia para a varanda e observava sua vizinha.

Afinidade na beleza, afinidade na solidão, na idade, no tédio... Quantos laços capazes de unir duas almas que talvez estivessem à procura uma da outra, e isso graças às manobras misteriosas, irresistíveis e intraduzíveis do destino. A partir do momento em que viu aquela pessoa solitária, Oliva não conseguiu mais tirar os olhos dela.

Naquela noite, enquanto tentava adivinhar os pensamentos da dama imóvel, derrubou um vaso de flores, que se estilhaçou na rua deserta fazendo um barulho assustador.

Preocupada, a dama acordou com o ruído, viu o vaso caído na rua e ligou mentalmente o efeito à causa; ou seja: seus olhos fizeram o percurso da calçada até a varanda da mansão.

Foi então que viu Oliva.

Ao vê-la, deu um grito selvagem; um grito de terror; um grito que se encerrou com um movimento rápido daquele corpo antes tão rígido e gelado.

Os olhos de ambas enfim se encontraram, interrogaram-se mutuamente e penetraram uns nos outros.

De imediato, Jeanne exclamou:

— A rainha!

Depois, num impulso súbito, juntou as mãos e, franzindo o cenho, sem ousar se mexer com medo de espantar a estranha visão, murmurou:

— Ah! Eu estava procurando um meio. Aí está!

Nesse momento, Oliva ouviu um barulho às suas costas e se virou prontamente.

O conde estava no seu quarto e havia percebido o que tinha ocorrido.

— Elas se viram! — disse ele.

Oliva saiu bruscamente da varanda.

Nos dias seguintes, como previra Cagliostro, as duas mulheres ficaram amigas.

X

Durante a noite

Enquanto isso, o sr. de Charny se aborrecia profundamente em suas terras. Não aguentou ficar três dias lá. De volta a Versailles, alugou uma casa anteriormente ocupada por um inspetor de caça e de onde se podia avistar parte do parque e, mais ao longe, o castelo.

Certa noite, quando estava olhando a luz brilhante das janelas da rainha, tomou um susto com o barulho de uma chave girando na fechadura.

Já era bem tarde. Mal haviam silenciado as badaladas da meia-noite nas paróquias mais distantes da sede da corte. Charny ficou espantado ao ouvir um ruído com o qual não estava acostumado.

Não tardou muito e duas mulheres passaram diante da sua janela. Olivier quase gritou de surpresa quando reconheceu, graças a um raio de luar, o jeito e o penteado de Maria Antonieta. Com o coração acelerado, esgueirou-se até o parque.

De súbito, as duas mulheres interromperam o passeio. Uma delas, a mais baixa, sussurrou algumas palavras à sua companheira e se afastou. A rainha ficou só.

A outra então voltou acompanhada de um homem de belo porte que fez uma profunda saudação diante da rainha, gesto que repetiu diversas vezes. Escondido atrás de uma árvore frondosa, Charny conseguiu conter a emoção.

O encontro durou pouco. Logo Charny viu as duas mulheres passarem, de braços dados, a dois passos do seu esconderijo. O deslocamento de ar provocado pelo vestido da rainha fez ondular a grama quase sob suas mãos.

Sentiu os perfumes que se acostumara a adorar na soberana: o odor de verbena mesclado ao de resedá. Uma dupla embriaguez para seus sentidos e suas lembranças.

As duas passaram e desapareceram.

Poucos minutos depois, surgiu o desconhecido em quem o jovem nem tinha mais reparado durante o trajeto da rainha até a porta. O homem beijava com paixão e loucura a rosa fresca e perfumada que a rainha havia lhe dado.

Uma rosa! Um beijo nessa rosa!

Charny quase enlouqueceu. Já ia se atirar sobre o tal homem e lhe arrancar a flor das mãos quando a companheira da rainha voltou e chamou:

— Vinde, monsenhor!

O rapaz julgou estar diante de algum príncipe de sangue e se apoiou no tronco da árvore para não cair desfalecido no gramado.

O desconhecido se dirigiu para onde vinha a voz e desapareceu juntamente com a dama.

Na noite seguinte, o misterioso cavaleiro obteve mais graças: a rainha lhe estendeu as mãos para que ele as beijasse.

A outra noite trouxe as mesmas peripécias. Ao som da última badalada da meia-noite, a porta se abriu e surgiram as duas mulheres.

Charny estava decidido: já era tempo de saber quem era o feliz personagem que a rainha favorecia. Saiu andando, escondendo-se por trás das cercas vivas, mas, quando chegou ao local onde, havia dois dias, vinham acontecendo os encontros dos amantes, não viu ninguém por lá.

A companheira da rainha estava levando Sua Majestade para o bosque dos Banhos de Apolo.

Uma ansiedade terrível, um sofrimento inteiramente novo deixaram Charny arrasado. Na sua inocente dignidade, jamais imaginara que o crime pudesse chegar àquele ponto. A rainha, sorridente e cochichando ao ouvido da companheira, se dirigiu ao abrigo sombrio em cuja entrada a aguardava, de braços abertos, o cavalheiro desconhecido.

Ela entrou, também estendendo os braços para ele. O portão de grade se fechou às suas costas.

Sua cúmplice permaneceu do lado de fora e Charny, que havia calculado mal as próprias forças, caiu na grama fresca, soltando um ligeiro suspiro. Uma hemorragia interna, provocada pelo ferimento que voltara a se abrir, o deixara sem ar.

Quando recobrou os sentidos, os passeantes noturnos haviam desaparecido.

No dia seguinte, Charny foi para o castelo de Trianon no momento em que acabava de ocorrer a troca da guarda, ou seja, por volta das dez horas.

A rainha estava saindo da capela onde havia assistido à missa. À sua passagem, cabeças e espadas eram baixadas em sinal de respeito.

De repente, ela viu Charny. Enrubesceu e soltou uma exclamação de surpresa.

— Achava que estivésseis nas vossas terras, sr. de Charny.

— Já estou de volta, Majestade — respondeu ele em tom brusco e quase mal-educado.

— Tendes algo a me dizer?

— Ah, Majestade! Tenho muitas e muitas coisas a dizer à minha soberana.

— Vinde! — replicou ela bruscamente.

Chegando aos seus aposentos, dispensou todas as camareiras que estavam ao seu serviço. Charny, impaciente, consumido pela raiva, amassava o próprio chapéu nas mãos.

— Falai! Falai! — disse a rainha. — Pareceis bem transtornado, meu senhor.

— Por onde começar? — replicou Charny, pensando em voz alta. — Como eu ousaria acusar a honra, a fé, a majestade?

— O que dizeis?! — exclamou Maria Antonieta, virando-se prontamente com os olhos em chamas.

O rapaz contou então as cenas que havia presenciado no parque.

— Eu? Eu? — perguntou a rainha, batendo no próprio peito. — Vós me vistes? A mim?

A soberana tentou fazê-lo se lembrar de que essa calúnia atroz já havia sido levantada contra ela depois da visita feita a Mesmer e do baile de Ópera. Mas Charny não se convenceu.

— Vi com meus próprios olhos! — replicou o jovem com frieza.

A rainha ergueu para o céu os braços tensos de desespero e duas lágrimas ardentes lhe escorreram pela face, caindo no seu peito.

— Meu Deus! — exclamou ela. — Ajudai-me a encontrar um pensamento que me salve. Não quero que este rapaz me despreze, ó, meu Deus!

Depois de refletir, Maria Antonieta decidiu que os dois iriam juntos ao parque, durante a noite, para surpreender os desconhecidos.

Às onze horas, a rainha foi ao encontro do sr. de Charny. Esconderam-se em meio às cercas vivas e esperaram um bom tempo. Ouviram-se as badaladas da meia-noite e quinze em São Luís de Versailles.

— Eles não vão vir esta noite — disse Maria Antonieta. — Tais infortúnios só acontecem comigo! — De repente, erguendo a cabeça, ela acrescentou: — Tendes toda razão, meu senhor: mereço a condenação. Prometi provar que vós me havíeis caluniado, mas Deus não quer que seja assim e me curvo aos Seus desígnios.

— Majestade — murmurou Charny —, o fantasma estava ali; o fantasma da rainha apaixonada. E aqui onde estou, encontrava-se o fantasma do amante. Arrancai meu coração porque essas duas imagens infernais estão vivendo dentro dele e devorando-o.

Ela tomou a mão do jovem e o puxou para junto de si com um gesto exaltado.

— Se eu vos tomar nos meus braços — disse Maria Antonieta com a voz abafada — e vos disser: sr. de Charny, só amei, só amo e só amarei uma criatura neste mundo... e esta criatura sois vós!... Meu Deus! Meu Deus! Será que isto bastaria para vos convencer de que não sou uma criatura infame por ter no coração, juntamente com o sangue das imperatrizes, o fogo divino de um amor como este?

Charny soltou um gemido que se assemelhava ao de alguém que está morrendo.

Soaram duas horas.

— Adeus — disse a rainha. — Voltai para casa. Até amanhã.

Apertou a mão do rapaz e se afastou a passos rápidos pelas alamedas do parque, dirigindo-se ao castelo.

Então, um homem saiu do meio dos arbustos e desapareceu no bosque.

Horas depois, Philippe de Taverney informou à soberana que ia participar da expedição do sr. de La Pérouse rumo à Terra Nova.

— Por que decidistes partir? — perguntou Maria Antonieta.

O nobre se recusou a lhe dizer o verdadeiro motivo de tal decisão.

Com palavras corteses, porém, contou que estava no parque durante a noite e deu a entender que, ao embarcar, levaria consigo o segredo de Sua Majestade.

XI
A carta e o recibo

Depois do encontro entre madame de La Motte e Oliva, arranjado por Cagliostro, a farsa que transcorreu à noite no parque dispensa comentários. Era Oliva que aparecia para o cardeal de Rohan sempre que ele acreditava estar tendo um encontro com a rainha.

Já que a condessa lhe recomendou que passasse algum tempo sem ir a Versailles, o prelado sofria por não ver mais a mulher amada.

— E se lhe escrevesses? — sugeriu ela.

Foi o que ele fez. Escreveu uma carta tão ardente, tão louca, tão repleta de reclamações amorosas e de protestos comprometedores que, quando terminou, Jeanne, que acompanhava o desenrolar das suas ideias até a assinatura, pensou consigo mesma:

"Ele acaba de escrever o que eu não teria ousado lhe ditar."

O cardeal releu o texto e perguntou:

— Está bom assim?

— Se ela vos ama — respondeu a traidora —, ficareis sabendo amanhã. Agora descansai um pouco.

— Até amanhã. Está certo.

— É tudo que vos peço, monsenhor.

Com essa carta, o cardeal estava definitivamente impossibilitado de acusar madame de La Motte no dia em que ela o obrigasse a pagar as dívidas contraídas com o colar.

Admitindo-se que o cardeal e a rainha se encontrassem por motivos pessoais, como ousariam condenar a condessa, uma vez que era a detentora de um segredo tão escandaloso?

O dia seguinte ao que a carta foi escrita era a data estabelecida pela própria rainha para pagar aos joalheiros.

Tendo solicitado permissão para vê-la, Bœhmer foi levado ao encontro da soberana, de quem cobrou, com todo respeito e muitos rodeios, a quantia devida.

Maria Antonieta foi direto à sua cômoda e tirou dali um papel que estendeu para o comerciante.

— E então? — disse ela. — Reconheceis este recibo que atesta claramente que haveis recuperado o colar? E a menos que tenhais esquecido também que vosso nome é Bœhmer...

— Mas, Majestade! — exclamou o joalheiro, engasgado pela raiva e pelo medo. — Não fui eu que assinei esse recibo.

A rainha, fulminante, recuou daquele homem com olhos chamejantes.

— Estais negando? — perguntou.

— Terminantemente... Mesmo que tenha que deixar aqui a minha liberdade, a minha vida, insisto que nunca recebi o colar e que jamais assinei tal recibo. Mesmo que o cepo estivesse aqui e o carrasco ali, eu continuaria repetindo: "Não, Majestade, este recibo não é meu."

— Então, meu senhor — disse a rainha, empalidecendo ligeiramente —, quereis dizer que o roubei? Que estou de posse de vosso colar?

Bœhmer procurou na carteira e, desta vez, foi ele que estendeu um papel para a soberana.

— Creio, Majestade — disse, em tom respeitoso, mas com a voz alterada pela emoção —, creio que se Vossa Majestade pretendesse me devolver o colar não teria escrito esta promissória.

— Mas... — começou a rainha — que papel é esse? Jamais escrevi coisa semelhante! Por acaso é a minha letra?

— Está assinada — replicou o joalheiro, arrasado.

Bossange veio fazer eco às súplicas do seu parceiro de negócios, e a rainha acabou admitindo que os dois não eram falsários. Mandou chamar madame de La Motte, mas ninguém conseguiu encontrá-la.

— Senhores — disse Maria Antonieta —, ide procurar alguma explicação com o cardeal de Rohan. Só ele pode nos esclarecer este caso.

Quando os dois homens chegaram à residência do cardeal, encontraram-no num estado de extrema agitação, pois acabara de receber, graças à condessa de La Motte, uma carta que julgava ser da rainha: breve e muito dura que apelava para sua lealdade no sentido de não tentar reatar uma relação que tinha *se tornado impossível*.

Os joalheiros lhe deram a notícia de que o colar havia sido roubado.

— O que eu tenho a ver com isso?! — exclamou o prelado. — Por acaso sou da polícia?

Os infortunados comerciantes afirmavam que madame de La Motte devia conhecer o falsário e o ladrão. A veracidade de tal declaração abalou o cardeal, que mandou seus homens saírem em busca de Jeanne, mas foi tudo em vão.

— Afinal, monsenhor — disse Bœhmer —, podeis nos dar uma explicação, em nome de Deus?

— Tereis que esperar até que eu mesmo encontre uma...

— Mas, monsenhor, o que vamos dizer à rainha, que nos acusa alto e bom som?

— O que foi que ela disse?

— Disse que não está de posse do colar, que deve estar convosco ou com a condessa de La Motte.

— Pois bem — replicou o cardeal, pálido de tanta raiva e vergonha —, ide dizer à rainha que... Não, é melhor não dizer nada. Já basta de tantos escândalos. Mas amanhã... amanhã, estais ouvindo, vou celebrar a missa na capela de Versailles. Comparecei. Vereis que vou me aproximar da rainha, lhe perguntar se ela não possui o colar. Podereis ouvir a resposta de Sua Majestade. Se ela negar, na minha presença... Então, meus senhores, quitarei essa dívida. Sou um Rohan!

Com essas palavras, ditas num tom de grandeza que a simples prosa não é capaz de reproduzir, o príncipe despediu-se dos dois sócios que se foram, andando de costas, tão próximos que o cotovelo de um roçava o do outro.

— Até amanhã, então — balbuciou Bœhmer —, certo, monsenhor?

— Até amanhã, às onze horas da manhã, na capela de Versailles — respondeu o cardeal.

XII
A prisão

No dia seguinte, por volta das dez horas, entrava em Versailles uma carruagem portando as armas do sr. de Breteuil.

O ministro da Justiça, inimigo do cardeal, vinha informar a Luís XVI sobre o caso do colar.

— Majestade — disse ele —, a palavra roubo está sendo pronunciada pelo povo num caso envolvendo o sr. de Rohan e o sagrado nome da rainha.

No momento em que Breteuil entrava para se encontrar com o rei, o sr. de Charny, pálido e agitado, mandara pedir uma audiência com a rainha.

Ela deu ordens para que o fizessem entrar.

Estava cedendo às necessidades do seu coração, pois dizia consigo mesma, cheia de um nobre orgulho, que um amor puro e platônico como o seu tinha o direito de entrar a qualquer hora no próprio palácio das rainhas.

Charny entrou. Trêmulo, tocou a mão que a soberana lhe estendia e, com a voz abafada, exclamou:

— Ah, Majestade! Que infelicidade!

Tinha ouvido boatos sobre o prejuízo financeiro dos joalheiros. Para evitar um escândalo, viera oferecer à rainha dinheiro suficiente para pagar a joia.

— Eis aqui um milhão e meio, Majestade. Aceitai minha oferta.

— Vendestes todas as vossas terras!... Tenho que recusar, Olivier, mas eu vos amo.

Foi nesse instante que a voz do mordomo anunciou a chegada do sr. de Rohan. Antes de recebê-lo, Maria Antonieta pediu que Charny fosse se esconder num aposento contíguo de onde poderia ouvir toda a conversa.

Como seria possível aqueles dois se entenderem? Eram tantas as confusões e tantos os enganos que o colar e madame de La Motte não tardaram a ser esquecidos.

— Sr. de Rohan! — exclamou a rainha. — Dizei que não me vistes no parque à noite...

— Nada mais vi além de vós, Majestade, e vós me escrevestes uma carta...

Indignada, a soberana mandou que fossem avisar Sua Majestade.

Assim que o rei apareceu na soleira da porta, a rainha o interpelou com uma facilidade extraordinária.

— Majestade — disse ela —, o senhor cardeal de Rohan, aqui presente está dizendo coisas inacreditáveis. Peça, por favor, que ele as repita para vós.

Diante de tais palavras tão inesperadas e dessa reprimenda tão súbita, o cardeal empalideceu. O rei lhe perguntou sobre o colar. O prelado afirmou que os diamantes não estavam com ele.

— Não quereis confessar nada? — indagou o soberano.

— Nada tenho a declarar, Majestade.

— Como assim, meu senhor?! — exclamou a rainha. — Vosso silêncio lança dúvidas sobre a minha honra.

O cardeal ficou calado.

— Pois eu não me calarei — prosseguiu Maria Antonieta. — Este silêncio me incomoda, pois atesta uma generosidade que dispenso. Deveis saber, Majestade, que o crime do sr. de Rohan não se limita à venda ou ao roubo do colar.

O príncipe ergueu a cabeça e empalideceu.

— O que quereis dizer com isso? — perguntou o rei, preocupado.

— Majestade!... — murmurou o cardeal, assustadíssimo.

— Ah! Nenhuma razão, nenhum temor, nenhuma fraqueza serão capazes de calar minha boca. Carrego, no coração, motivos que me levariam a gritar minha inocência em praça pública.

— Vossa inocência! — exclamou o rei. — Ora, minha senhora, quem seria temerário ou covarde o bastante para obrigar Vossa Majestade a pronunciar tal palavra!

— Eu vos suplico, Majestade — disse o cardeal.

— Ah, começais a tremer! Então minhas desconfianças se confirmam. Vossos complôs preferem as sombras! Pois prefiro o dia claro! Majestade, ordenai que o cardeal vos diga o que ele acabou de me dizer aqui mesmo.

— Majestade! Majestade! — exclamou o príncipe. — Cuidado! Estais ultrapassando todos os limites.

— Como assim? — retrucou o rei em tom altivo. — Quem ousa falar dessa forma com a rainha? Não sou eu, suponho.

— Exatamente, Majestade — disse Maria Antonieta —, o senhor cardeal fala assim com a rainha porque afirma ter esse direito.

O príncipe não estava dizendo que possuía cartas escritas por ela? Não chegou a ponto de afirmar que ela havia consentido em se encontrar com ele?

— Pelo amor de Deus, minha senhora! — exclamou o rei.

— Conservemos o pudor! — disse o cardeal.

O sr. de Rohan se recusou a dar maiores explicações. Também não quis acusar aquela que a rainha considerava sua cúmplice, a condessa de La Motte. Depois de lançar um último olhar, virou as costas e cruzou os braços.

— Meu senhor — declarou o rei, ofendido —, sereis encaminhado à Bastilha!

O cardeal fez uma reverência e observou, em tom bem firme:

— Vestido assim? Com as vestes religiosas? Diante de toda a corte? Permita vos pedir que reflita, Majestade: o escândalo vai ser imenso. E será ainda mais pesado para a cabeça sobre a qual recairá.

— Quero que seja assim — retrucou o rei, agitadíssimo.

— É um sofrimento injusto que estais impondo prematuramente a um prelado, Majestade, e a tortura antes da acusação é ilegal.

— É absolutamente necessário que seja assim — respondeu o rei, abrindo a porta do aposento para ver se havia alguém ali a quem pudesse transmitir sua ordem.

O sr. de Breteuil estava lá. Seus olhos ávidos já tinham adivinhado, pela exaltação da rainha, pela agitação do rei, pela atitude do cardeal, a desgraça de um inimigo.

O rei ainda nem havia terminado de lhe falar em voz baixa e o ministro da Justiça, usurpando as funções do capitão da guarda, já estava gritando a plenos pulmões a ordem que ecoou pelas galerias do palácio:

— Prendei o senhor cardeal!

XIII
O pedido de casamento

Luís XVI acabava de voltar aos seus aposentos quando seu irmão, o conde de Provença chegou parecendo bastante constrangido com o que tinha vindo dizer ao rei.

Depois de comentar longamente a prisão do príncipe de Rohan, com a qual concordava, hesitou em abordar o assunto que o trouxera ali.

— Ora, pois, falai, meu irmão...

— Estou trazendo alguns atos judiciais, Majestade...

Os documentos, redigidos por servidores fidedignos, referiam-se às saídas noturnas da rainha.

O último depoimento, o mais claro de todos, era do criado encarregado de verificar se todas as portas estavam fechadas depois que todos já haviam se recolhido e mencionava o sr. de Charny.

— Sr. de Charny!... — exclamou o rei, transtornado pela raiva e pela vergonha. — Ora, ora... Esperai por mim aqui, conde. Vamos finalmente descobrir a verdade.

O monarca saiu do seu gabinete a passos rápidos.

Charny tinha saído do aposento onde havia se escondido e a rainha lhe pediu que deixasse a corte.

— Aqueles que brincam com minha reputação — disse ela — têm força suficiente para provar que sois um súdito desleal ao rei e um amigo vergonhoso para mim...

— Ah! Minha senhora, não suporto a ideia de vos perder.

O rapaz caiu aos pés de Maria Antonieta e os beijou, num ímpeto de amor piedoso.

Neste exato momento, a porta do corredor se abriu e o rei se deteve ali, trêmulo, como se tivesse sido atingido por um raio.

Acabou surpreendendo o homem que acusava o conde de Provença e estava aos pés de Maria Antonieta.

A rainha e Charny trocaram um olhar tão assustado que o mais cruel de seus inimigos teria se compadecido deles naquele momento.

O jovem se levantou lentamente e saudou o rei com profundo respeito.

Podia-se ver o coração de Luís XVI batendo violentamente sob a renda do seu *jabot*.

— Ah! — disse ele com a voz abafada. — sr. de Charny!

O conde limitou-se a responder com mais uma reverência.

O rei o acusou então de crime de lesa-majestade.

— Majestade — atalhou a rainha em tom exaltado —, ao que parece, estais trilhando o caminho de suspeitas e suposições desfavoráveis. Tais suspeitas, tais desconfianças não têm fundamento, posso vos garantir. Vejo que o respeito condena a língua do conde. Eu, porém, que conheço as profundezas do seu coração, não permitirei que o acusem sem tratar de defendê-lo.

O que ela poderia usar para explicar a atitude do rapaz prostrado aos seus pés?

— O sr. de Charny... — começou Maria Antonieta, com a mente perturbada e as mãos trêmulas. — O sr. de Charny veio me pedir...

— O quê, minha senhora?

— Permissão para se casar.

A mulher que o conde supostamente deveria desposar estava num convento, o que justificaria a intervenção da soberana.

— E quem é essa mulher que amais, conde? — perguntou o rei. — Dizei-me o nome dela, por favor.

A rainha respondeu pelo rapaz:

— Majestade, conheceis aquela cuja mão o sr. de Charny deseja pedir em casamento: é... a srta. Andrée de Taverney.

Charny deu um grito e escondeu o rosto com as mãos. A rainha, levando a mão ao coração, precisou se apoiar para não cair na sua poltrona, praticamente desmaiada.

Mas as explicações fornecidas deixaram o rei satisfeito.

A soberana se dirigiu a Saint-Denis. De início, Andrée se recusou a voltar à corte para se casar, mas, quando ficou sabendo que era o sr. de Charny que pretendia desposá-la, aceitou a proposta com a maior alegria.

"Obrigada, meu Deus!...", disse a soberana a si mesma com um soluço amargo. "Obrigada, pois salvais meus filhos da desonra e me concedeis o direito de morrer envergando meu manto real!"

XIV
O processo

Já é hora de voltarmos aos personagens da nossa história que, em função da necessidade e da intriga, bem como da verdade histórica, acabaram relegados ao segundo plano.

A condessa de La Motte foi procurada, detida e colocada na Bastilha. Oliva, a marionete cujos fios eram puxados por Cagliostro, também foi presa. O misterioso conde, cujo objetivo era abolir a monarquia, forneceu aos policiais todas as informações que lhe permitiram reconstituir a trama imaginada por Jeanne. Réteau de Villette também foi encontrado, mas na Inglaterra, onde os diamantes haviam sido vendidos. Trazido de volta a Paris, confessou humildemente que era um falsário, que havia escrito o recibo do colar e a carta da rainha, falsificando tanto as assinaturas dos joalheiros quanto a de Sua Majestade.

Desnorteada, furiosa, madame de La Motte negou tudo. Defendeu-se como uma leoa: fingiu que jamais tinha visto ou conhecido o tal Réteau, mas algumas testemunhas, apontadas por Cagliostro, a derrotaram.

Oliva foi confrontada com o cardeal. Que golpe terrível para o príncipe de Rohan! Aquele homem, cheio de delicadeza e de nobres paixões, descobrindo que uma aventureira, aliada a uma vigarista, o havia levado a desprezar a rainha da França, uma mulher que ele amava e que não tinha culpa de nada!

Depois de haver inventado mil desculpas para se livrar do processo, Jeanne acabou declarando que os passeios noturnos pelo parque eram feitos com o conhecimento de Maria Antonieta, que, escondida atrás de uma cerca viva, ouvia às gargalhadas as declarações amorosas do cardeal apaixonado. A rainha se viu derrotada por essa última acusação, pois não tinha como provar que era falsa.

Por toda a França, as discussões foram acaloradas.

O cardeal, Cagliostro, as vítimas da rainha, pois era assim que muita gente se referia a tais personagens, e até mesmo Oliva foram inocentados e aclamados pela multidão que acompanhou o processo.

Só Villette e a condessa de La Motte foram condenados. O primeiro, às galés; a última a chibatadas e a ser marcada com ferro em brasa.

★★★

Depois do suplício, quando Jeanne foi levada desmaiada, dois rapazes que acabavam de assistir ao espetáculo, Marat e Robespierre, ficaram às gargalhadas, perguntando-se se quem havia sido flagelada naquela praça era a condessa de La Motte ou a rainha.

XV
O casamento

Olivier de Charny e Andrée de Taverney se casaram na capela do castelo, em presença do rei e da rainha.

Depois da cerimônia, sob o olhar transtornado de Maria Antonieta, Philippe de Taverney, que havia adiado seu embarque para Terra Nova, chamou Charny, pegou a mão do rapaz e a entregou à sua irmã.

Mas, na porta do castelo, duas carruagens aguardavam. Andrée subiu na primeira e Charny, na segunda. Já ali o casal tomava rumos separados.

Philippe, que ficou sozinho, retorceu as mãos com a angústia do desespero e murmurou, com a voz abafada:

— Meu Deus, será que reservais um pouco de alegria no céu para aqueles que cumprem seu dever na terra?

Em seguida, ergueu para o céu um olhar sem rancor, numa censura branda de cristão com fé abalada, e, como Andrée e Charny, desapareceu no último turbilhão daquela tempestade que acabava de desenraizar um trono e confundir tantas honras e tantos amores!

Direção editorial
Daniele Cajueiro

Editora responsável
Ana Carla Sousa

Produção editorial
Adriana Torres
Luisa Suassuna
Pedro Staite
Thais Entriel

Revisão de tradução
Nina Lopes

Revisão
Carolina Rodrigues

Capa
Rafael Nobre

Diagramação
Futura

Este livro foi impresso em 2019
para a Nova Fronteira.

